AF310859

Ye

20903

AUSTERLITZ,

OU

L'EUROPE PRÉSERVÉE DES BARBARES,

POÈME HISTORIQUE EN DEUX CHANTS,

ACCOMPAGNÉ DE NOTES.

PAR R. J. DURDENT.

~~~~~~~~~

A PARIS,

CHEZ L'AUTEUR, RUE MAZARINE, N°. 44.

M. DCCC. VI.

——

DE L'IMPRIMERIE DE GIGUET ET MICHAUD.
~~~~~~~~~

PRÉFACE.

Le choix du sujet, le ton général de ce petit poëme indiquent assez quels sentiments l'ont dicté. J'ai essayé de rappeler, dans une narration poétique, les principaux évènements d'une guerre de trois mois, à laquelle l'histoire n'avait, *jusqu'ici*, rien offert de comparable.

Ai-je bien fait, après y avoir beaucoup réfléchi, de m'être privé du secours des fictions, de n'en avoir hasardé qu'une seule, entièrement détachée du reste de l'ouvrage? C'est ce que décideront ceux qui peuvent prononcer dans ces sortes de matières. Ils pèseront les motifs qui m'ont déterminé, sans que j'aie besoin d'en faire l'énumération : ils jugeront si j'ai lutté avec assez d'é-

nergie contre les nombreuses difficultés de
la *poésie historique*. Je recevrai toujours
avec reconnaissance les avis dont la critique
me jugera digne. Si je ne peux réclamer les
égards que l'on accorde à l'extrême jeunesse, j'ose du moins compter sur l'indulgence que l'on ne refuse point à celui qui
débute dans une carrière épineuse.

Je n'avais pas dessein de rien ajouter à ce
peu de lignes, persuadé que toute apologie
d'auteur est presque toujours inutile, et, qui
pis est, un peu ridicule. Cependant, il faut
bien que je réponde à une observation que
sans doute le lecteur a déjà pressentie.

A quoi les poètes français, et ceux qui le
veulent devenir ne sont-ils pas maintenant
exposés ! Je parle d'*Austerlitz ;* et tout retentit en France, en Europe, de *Saalfeld*,
d'*Jena*, de *Prentzlow*, etc.! Je chante celui
qui a commandé la paix à l'Autriche, et hu-

milié la Russie ; et voici qu'à la tête des mêmes soldats, il écrase, dès les premiers jours de la guerre, cette puissance à laquelle le génie du grand Frédéric avait donné une réputation colossale!

Mais s'il plaît au seul pays qui eût conservé sa renommée militaire de se faire battre, au moment même où je célèbre d'autres défaites que la sienne, suis-je donc responsable, moi, de sa folie? et d'ailleurs, s'agit-il ici d'un ouvrage de circonstance? tout ce qui arrive est dans l'ordre. *Jena* succède à *Austerlitz*, comme *Austerlitz* à *Maringo*, qu'avaient précédé *Aboukir*, les *Pyramides*, *Lodi*, *Arcole*, *Montenotte*, et tant d'autres prodiges : c'est une forêt de palmes et de lauriers, où le poète, le peintre, l'historien chercheront encore, dans des siècles, à cueillir quelques rameaux.

Au reste, si j'ai tardé à payer au prince

et à la patrie ce faible tribut d'une admiration sans bornes, c'est que je ne me croyais jamais assez instruit des détails de la mémorable journée. Je desirais, non pas tracer en général le tableau vague et indéterminé d'une bataille, mais ne rien négliger de ce qui a donné à celle-ci un caractère particulier. Les bulletins de la Grande Armée, qui d'ailleurs m'ont été si utiles, omettent plusieurs détails sur la disposition des troupes, la marche des colonnes, les actions partielles, etc. Ils avaient promis *une belle description, une relation plus détaillée* (*), et je les attendais.

Le rapport du général russe *Koutouzoff* est un tissu de fanfaronnades, de contradictions, de mensonges évidents. Il n'a pu avoir quelque prix qu'aux yeux du peuple ignorant, pour lequel il était principalement

(*) *Voyez* les 30e. et 31e. bulletins.

rédigé. A quoi m'aurait servi une relation dans laquelle on affecte de passer sous silence, où d'indiquer de la manière la plus inexacte, les évènements décisifs de la bataille ? A rien, sans doute ; si, lorsqu'elle parut dans nos journaux, en avril dernier, elle n'eût été accompagnée d'excellentes *notes*, par un officier français. Ces notes sont un commentaire précieux des bulletins officiels.

Enfin, il y a environ quatre mois, la relation du général autrichien *Stutterheim* est venue étendre et confirmer les rapports connus. Si l'auteur n'est pas aussi impartial qu'il se le persuade, il l'est peut-être autant qu'il lui était possible de l'être dans sa position : il a fourni de bons matériaux à l'histoire.

Le plus grand nombre des détails que j'attendais et que j'ai recueillis n'ont pu servir qu'à ma satisfaction personnelle : par la nature même de mon ouvrage, ils n'y ont pas

trouvé place; mais ils m'ont aidé à me mieux
pénétrer de mon sujet. J'en appelle à tous
ceux qui cultivent les arts ou la littérature;
lorsqu'on ne veut rien négliger, et, si je peux
me servir de ce mot, travailler *en cons-
cience*, ne faut-il pas avoir le courage de
faire des études dont les traces ne sont pas
même sensibles, et dont le public ne peut
tenir compte? Et si toutefois le talent vient
à manquer, on ne succombe pas moins;
mais enfin on n'avait épargné pour réussir
ni son temps ni son travail.

AUSTERLITZ,

OU

L'EUROPE PRÉSERVÉE DES BARBARES.

CHANT PREMIER.

Je chante ma patrie, et la grande journée
Où, généreux vainqueur d'une ligue obstinée,
Et remplissant de Dieu les décrets éternels,
Le héros des Français, le premier des mortels,
Confondit sans retour, aux champs de Moravie,
L'espoir dont s'enivrait l'altière Moscovie.
Ainsi furent détruits tous ces vils préjugés
Qui montrèrent long-temps aux peuples affligés
Dans les guerriers du Nord les fils de la victoire. (1)
O Russes ! d'Austerlitz gardez bien la mémoire :
N'allez plus, instruments d'une aveugle fureur,
Parmi vos alliés répandre la terreur,
Et, par l'oppression marquant votre passage,
Leur porter pour secours le meurtre et le pillage.
   Qui pouvait méconnaître, à ces troubles nouveaux,
L'exécrable ascendant de nos cruels rivaux ?

Le calme renaissait; la paix, la paix sacrée,
Dans le deuil général tant de fois implorée,
Des humains consolés venait sécher les pleurs;
La France et l'Univers oubliaient leurs malheurs......
Mais ce calme est-il fait pour l'avide Angleterre !
Aux princes qu'elle achète elle ordonne la guerre;
Et sa déloyauté seconde leurs soldats
Par des complots obscurs ou des assassinats.

    Largement abreuvés aux sources du Génie,
Les heureux favoris du dieu de l'harmonie
Ont su rendre fameux mille héros divers,
(Quelquefois si petits ! toujours grands dans leurs vers;)
Et de leur art divin la magique imposture
Souvent, en l'imitant, a flatté la nature.
Les destins, de mes vœux vainement fatigués,
M'ont refusé les dons qu'ils leur ont prodigués;
Du feu qui consacra leurs pages immortelles
Je dérobe, en tremblant, de faibles étincelles;
Mais quand j'ai pu choisir un si noble sujet,
Je ressens mon néant avec moins de regret.
Austère et sans atours, que *Clio* soit mon guide,
A de mâles accents qu'elle seule préside.
Eh ! quel récit pompeux, à la fable emprunté,
Égalerait ici la simple vérité !

    Postérité naissante, ô vous en qui la France
De sa gloire future a placé l'espérance,

Vous qui devez transmettre à vos derniers neveux
Cette terre sacrée où dorment nos aïeux ;
Que le chant du triomphe allume dans vos âmes
De l'émulation les généreuses flammes.
Vos pères ont vaincu : s'il faut, à votre tour,
Par d'illustres exploits vous signaler un jour ;
Si de nos ennemis la foule rassurée
Osait quitter encor la plage hyperborée,
Armez-vous, à la voix du héros d'Austerlitz ;
Et qu'ils trouvent partout les marais de *Tellnitz.* (*

   Et vous, mère, princesse, épouse fortunée,
Qui, des dons les plus chers par les grâces ornée,
Réunissez encor à leurs attraits vainqueurs
Ces vertus dont l'empire est si doux sur les cœurs,
La touchante bonté, l'auguste bienfaisance ;
Jettez sur mes essais un regard d'indulgence.
Si j'ose en ce moment crayonner devant vous
Quelques-uns des hauts-faits d'un immortel époux,
Le zèle me l'ordonne, il inspire ma muse ;
Auprès de Joséphine il sera mon excuse.
Par de pareils tableaux sûr de vous émouvoir,
Qui vous en fait hommage accomplit un devoir.

   Les temps étaient venus : de son dernier parjure,
Albion, moins superbe, allait pleurer l'injure.
Du droit des nations cent mille défenseurs,
Jusque dans leurs foyers frappant les oppresseurs,

Allaient porter enfin dans l'île détestée
Les armes et les lois de la France irritée.
De Bellone, soudain, les formidables cris
Des paisibles Germains ont troublé les esprits.
Juste ciel ! se peut-il qu'abjurant la prudence,
Oubliant du passé la dure expérience,
Et suivant un conseil funeste à sa grandeur,
Vienne de ses guerriers ait réveillé l'ardeur !
Hélas ! il est trop vrai : l'orgueil et ses vertiges,
L'ambition, toujours avide de prestiges,
Et l'or de l'Insulaire, et la fatalité
Ont r'ouvert sous ses pas l'abîme ensanglanté
Qui deux fois menaça d'engloutir sa puissance.
   Avant de provoquer le héros de la France,
Elle a du moins voulu qu'un traité clandestin
Unît à ses projets cet empire lointain,
Qui montre à l'univers le contraste bizarre
D'une cour corrompue et d'un peuple barbare.
C'est peu que ce pays, si long-temps inconnu,
Au plus superbe rang soit soudain parvenu,
Que des mers du Japon aux bords de la Baltique
Tout redoute des Czars le pouvoir despotique :
Faut-il donc voir encor les chefs de tant d'états
Porter un œil jaloux vers de plus doux climats,
Et mille courtisans, héros en espérance,
Régler dans Pétersbourg les destins de la France !

Mais, que dis-je ! ô faiblesse, ô honteux sentiments !
O du cœur des mortels coupables mouvements !
On envie au grand homme, auteur de sa fortune,
L'éclat toujours croissant de sa gloire importune,
Et son nom répété jusqu'au fond des déserts......
Voilà donc ce qui va loin du tyran des mers
Détourner quelque temps l'irrésistible épée
Sous qui dût expirer sa puissance usurpée !

    L'ignorant Moscovite, empressé d'obéir,
S'arme, insulte aux Français, et pense les haïr ;
Cependant la Néva, sur sa rive glacée,
Entend les cris plaintifs d'une ombre courroucée (3
Dont ces tristes apprêts ont comblé la douleur.

    Voici venir les temps marqués pour le malheur.
D'un prince généreux, que la reconnaissance,
Sa gloire et ses serments unissent à la France,
Les soldats de l'Autriche, au mépris des traités,
Inondent les états dès long-temps convoités.
Il a paru d'abord céder à la furie
De l'orage subit qui fond sur sa patrie :
Toutefois de la France il presse le secours,
Et prépare les siens à de plus heureux jours ;
Assuré que bientôt, par des larmes amères,
L'agresseur expiera ses lauriers éphémères. (4

    Au cri de sa douleur, par la France entendu,
De l'indignation les cris ont répondu.

Bavarois opprimés, reprenez l'espérance !
Pâlissez, oppresseurs, NAPOLÉON s'avance !
Il s'avance : avec lui marchent ces fiers vainqueurs,
De ses vastes desseins dignes exécuteurs ;
Des triomphés nouveaux promis à leur courage
Les lauriers de *Murat* leur donnent le présage. [5]

 Mack et ses légions, indécis, consternés,
Des armes du héros tremblent environnés.
Plus d'ordre, plus de plans : son ardente poursuite
Leur a même ravi le pouvoir de la fuite.
Tout obstacle est détruit, tout poste est emporté :
Ainsi, quand des mortels l'affreuse impiété
Osa du dieu vivant provoquer la colère,
En vain ils imploraient quelque abri tutélaire ;
Par l'onde vengeresse à tout instant pressés,
Jusqu'au sommet des monts assaillis et forcés,
La mort fut leur partage ; et l'antique mémoire
Sur les débris du monde a tracé leur histoire.

 Remparts d'*Ulm !* c'est ainsi qu'au plus sombre avenir
L'Autriche portera votre amer souvenir ;
Toujours vous lui direz que son armée entière
Sous le joug des Français courba sa tête altière,
Dans ce jour plus fatal aux Césars des Germains
Que Canne ou Trasymène aux antiques Romains.

 Tandis qu'à nos guerriers, ses amis, ses modèles,
Le Bavarois unit ses bataillons fidèles :

Les Russes de l'Autriche ont connu le danger ;
Guidés par *Koutousof*, ils couraient la venger,
Lorsqu'à leurs premiers pas dans les champs du carnage
L'ascendant du héros maîtrise leur courage.

L'écueil des Ottomans, la ville des Césars (6
Voit l'aigle des Français planer sur ses remparts ;
Et quand tout retentit du bruit affreux des armes,
Le héros de la paix lui fait goûter les charmes.

Avec rapidité, sur les ailes du temps,
S'avancent, chaque jour, les grands événements.
L'Autrichien vaincu, mais ferme en sa disgrâce,
Semble rendu soudain à sa première audace :
Il se promet encor de fléchir les destins.
Ces appuis si vantés, ces alliés lointains
Ne l'avaient point séduit par des promesses vaines ;
Leur multitude immense enfin couvre ses plaines,
Et leurs cris imprudents, prédisant des succès,
Par des hymnes de mort appellent les Français.

Qui donc leur inspira cette vaine arrogance,
Ces insolents défis, cette fière assurance ?
De leurs premiers soldats la bouillante chaleur
N'a pu de nos guerriers arrêter la valeur.
Crems, *Lambach*, *Hollabrunn* proclament leurs défaites :
L'Autriche fut témoin de leurs promptes retraites,
Quand, à l'honneur français confiant leurs blessés,
Parmi ses tristes champs ils fuyaient dispersés.

Près des murs où jadis un ennemi perfide [1]
Chargea d'indignes fers un Anglais intrépide,
Je vois quelques Français, des autres séparés,
Des Russes furieux tout-à-coup entourés,
Accroître, s'il se peut, leur vaste renommée,
Et, guidés par *Mortier*, triompher d'une armée.

Inutiles leçons ! aux coups qu'ils vont frapper
Un seul de nos Français ne doit pas échapper;
Tel était leur espoir ; telle fut la promesse
Que fit à *Paulowitz* une ardente jeunesse,
Alors que, l'arrachant du sein de ses états,
Vers les plaines d'*Olmutz* elle entraîna ses pas.

Jeunes présomptueux ! de quel droit, à quels titres
Des destins du héros seriez-vous les arbitres?
Comment soutiendrez-vous l'aspect victorieux
Du cortège imposant qui le suit en tous lieux;
De Wurmser, de Mélas les ombres belliqueuses ;
Les Alpes abaissant leurs cimes orgueilleuses ;
Tant de peuples soumis, tant de climats divers
De qui l'osa braver attestant les revers;
Les palmes de l'Égypte ; et la belle Ausonie
De son libérateur adorant le génie ;
L'heureuse France enfin, qui, fière de son choix,
Veille sur le héros dont elle suit les lois?

O d'un sentiment noble exemple auguste et rare!
Des jours de ses enfans NAPOLÉON avare

Oppose la prudence à la témérité.

S'il devait n'obtenir qu'un succès disputé,

Par trop de sang français s'il payait sa victoire,

Lui-même il gémirait d'avoir accru sa gloire.

Au grand art dans lequel il n'a point de rivaux

Il demande aujourd'hui des prodiges nouveaux.

De cet œil pénétrant qui lit dans les pensées

Il voit des ennemis les fureurs insensées;

Et pour mieux les conduire à ce fatal écueil

Où de leurs vains projets se brisera l'orgueil,

Il permet qu'un instant leur inexpérience

D'un triomphe prochain caresse l'espérance;

Qu'ils osent croire enfin, ardents à se flatter,

Que Napoléon même a pu les redouter.

Des postes périlleux la garde est redoublée;

L'armée, au seul aspect d'une foule aveuglée,

Se concentre et se presse, affectant la terreur,

Autour de la cabane où veille l'empereur :

Car c'est là son palais; et ce chétif asile

Dont l'amour des soldats forma l'abri fragile,

Dont, aux moindres efforts, le choc des éléments

Menace d'arracher les faibles fondements,

Que les vents font gémir, sur qui l'orage gronde,

Renferme les destins de la France et du monde.

Tandis que le génie, en son sublime essor,

Embrassant tout, prévoit jusqu'aux erreurs du sort,

Le jour touche à son terme ; et la nuit qui s'avance
Bientôt sur les deux camps jette son voile immense.
Le héros veut alors s'assurer par ses yeux
Comment chacun remplit un devoir glorieux.
Un simple vêtement cache son rang suprême ;
Mais faut-il que la pourpre ou bien le diadême
A tant de vieux guerriers nomme leur empereur !
Que de fois ils l'ont vu, quand Bellone en fureur,
Quand les feux de la mort mugissaient sur sa tête,
D'un front toujours serein, conjurer la tempête !
« C'est lui ! vive à jamais le père des soldats !
» Le guerrier dont la main sauve ou perd les états !
» A qui le ciel remit sa foudre vengeresse ! »
      C'est ainsi qu'éclatait leur brûlante allégresse :
Pour l'augmenter encor, quel touchant souvenir
A leurs nobles pensers tout à coup vient s'unir !
Le retour de ce mois qui termine l'année
A ramené l'époque auguste et fortunée
Où dans le temple saint, au pied de nos autels,
Napoléon reçut nos serments immortels ;
Où du bandeau sacré la paisible conquête
Embellit les lauriers qui couronnaient sa tête.
   Par le seul appareil que permet le moment
Tous veulent célébrer l'illustre évènement ;
Et du chaume embrâsé les lueurs ondoyantes
S'élèvent dans les airs sur les armes brillantes :

Tel au sein de l'espace et de l'immensité
Un astre étincelant disperse la clarté.

L'ardeur dont frémissaient ces âmes courageuses,
Du plus pur dévoûment ces marques précieuses
Ont touché le héros ; et portent dans son cœur
Un calme, du triomphe heureux avant-coureur.

A l'exemple du chef, l'élite de la France
Veille, et pour le combat se prépare en silence.

Cependant, les guerriers de l'héritier des Czars
D'un tout autre spectacle étonnaient les regards.
La brutale fierté dont ils étaient la proie
Les livrait à l'erreur d'une insultante joie ;
L'ivresse redoublait leurs transports menaçants ;
De cris tumultueux, de sinistres accens
Ils faisaient retentir les plaines désolées ;
Et, parcourant au loin les profondes vallées,
Les échos indignés portaient à nos soldats
D'une rage sans frein les sauvages éclats.

FIN DU CHANT PREMIER.

NOTES

DU CHANT PREMIER.

[1] PAGE 9, VERS 9.

. . . . . . Les fils de la victoire.

Ces préjugés sans doute sont détruits : ils ne doivent plus avoir pour partisans que les Russes eux - mêmes ; en exceptant toutefois les hommes de bonne-foi qui peuvent se trouver chez cette nation. Mais comment le fantôme de la renommée militaire des Russes était-il parvenu à effrayer une grande partie de l'univers ? c'est ce qu'il convient d'examiner.

Avant Pierre Ier., les Russes étaient à peine connus : les institutions de ce prince, son extrême sévérité dans la discipline, l'attention qu'il eut de placer à la tête de ses troupes les officiers étrangers qu'il attira dans son empire, le grand nombre de ses soldats comparé à celui des soldats de Charles XII ; enfin l'imprudence et la témérité de son rival finirent par donner au Czar tout l'avantage dans leur longue et sanglante querelle.

Toutefois la supériorité des guerriers russes n'était point encore établie.

Elle date des guerres que la Russie soutint contre la Prusse, et contre la Porte ottomane, dans les cinquante dernières années du 18e. siècle.

Lors de la guerre de *Sept ans*, Frédéric ayant à combattre une grande partie de l'Europe ne pût jamais opposer aux troupes de l'impératrice Élizabeth, que des armées inférieures en nombre de la moitié, où même des deux tiers. Les Prussiens attaquaient le plus souvent les Russes immobiles dans leurs retranchements, et, après leur avoir tué beaucoup de monde, cédaient enfin le terrain au nombre et à la ténacité de leurs ennemis. Ainsi furent *gagnées* par les Russes, les batailles de *Jagerndorf* et de *Custrin*. A *Kunnersdorf*, Frédéric se vit enlever la victoire depuis long - temps décidée en sa faveur, parce qu'il s'obstina à ne pas recevoir à composition un corps nombreux qui fit alors une résistance désespérée ; et surtout parce que Laudhon, à la tête d'une réserve de vingt mille Autrichiens, chargea vers la fin de l'action les Prussiens rebutés.

Les succès de la Russie dans ses deux dernières guerres contre les Turcs, furent dus à l'absence totale de discipline dans l'armée turque, à la corruption, et enfin à l'effroi que des attaques brusques, le plus souvent faites pendant la nuit, causèrent à des troupes ignorantes et superstitieuses. Tout le secret de ces deux guerres est dans le mot connu de Frédéric : « Ce sont des borgnes qui, après avoir battu » quelque temps des aveugles, finissent par avoir sur eux » un ascendant complet. »

Au reste, les Turcs vendirent souvent cher la victoire;

ils eurent même des succès marquants ; mais comme il fallait, à quelque prix que ce fût, que la grande Catherine l'emportât sur tous les souverains, et son peuple sur tous les peuples ; on dissimulait les revers ; on transformait en bataille la moindre affaire de poste où les Turcs avaient eu du désavantage ; on exagérait le nombre des ennemis ; et tout cela impunément. Les Turcs, presque étrangers à la politique, sans communications journalières avec les puissances Européennes, ne répondaient rien, ou n'étaient pas crus sur leur parole.

Enfin, et ce n'est pas le point le moins important, dans tous les pays de l'Europe, Cathérine achetait, par des présents, des pensions, ou des prévenances flatteuses, le suffrage de ceux qui, en qualité d'hommes de lettres, de politiques ou de gazetiers, pouvaient avoir quelque influence sur la multitude.

On ne comptera sûrement pas pour un succès militaire bien honorable l'asservissement de la Pologne. Des armées nombreuses et aguerries attaquèrent un pays ouvert et des hommes qui depuis long-temps n'avaient eu occasion de se battre. Le nombre et la discipline triomphèrent du courage : encore les Polonais eurent-ils d'abord des succès ; mais bientôt leurs dissentions intestines et la trahison secondèrent les Russes. C'en était trop : il fallut succomber dans une lutte si inégale.

Quant à la campagne des Russes en Italie, les causes de leurs avantages sont trop connues pour qu'il soit besoin de les rapporter. A Dieu ne plaise que je rappelle les malheurs de ma patrie, causés par des fautes ou des crimes; et si glorieusement réparés ! Qu'on remarque seulement qu'avant la guerre de 1805 ; l'expédition de Hollande et la bataille de Zurich avaient déjà dû apprendre aux Russes ce que leur dit l'officier, auteur des Remarques sur le rapport du général Koutouzof, « *Qu'ils ne sont pas organisés pour avoir* » *des succès contre les Français.* » C'est ce que l'avenir prouvera encore, s'il le faut.

Un dernier mot sur la réputation militaire des Russes : qu'on lise ce rapport du général Koutouzof, qu'on le compare, je ne dis pas avec nos bulletins ou nos relations particulières, mais seulement avec celui du général Stutterheim; qu'on se rappelle les éloges publics donnés dans Pétersbourg à la garde impériale russe, pour la remercier d'avoir perdu ses canons, ses drapeaux et ses chefs; et l'on verra si la jactance des Russes n'est pas, indépendamment de l'orgueil ignorant de la nation, un calcul de ceux qui gouvernent. Puisqu'ils parlent ainsi de la plus effroyable déroute qu'ils aient essuyée, que d'exagérations n'ont-ils pas dû se permettre, lorsqu'ils avaient à publier des succès réels !

²⁾ PAGE 11, VERS 10.

. . . . Les marais de *Tellnitz*.

Après une perte immense, les colonnes composant l'aile gauche des Russes, que commandait le général *Buxhoevden*, furent chassées de toutes leurs positions; et en fuyant se noyèrent dans ces marais. Voyez *Chant II*, la description de cet évènement qui compléta le désastre des ennemis.

3) PAGE 13, VERS 12.

> . . . . . . La Néva, sur sa rive glacée,
> Entend les cris plaintifs d'une ombre courroucée.

On connaît la catastrophe qui priva de la vie l'infortuné Paul Pétrowitz, lorsque, revenu aux idées les plus saines, il travaillait, avec l'énergie et la loyauté qui le caractérisaient, à assurer la paix du continent, en secondant les vues de la France. Supposer que la nouvelle guerre, commandée par l'Angleterre aux courtisans de son fils, afflige ses mânes, ce n'est pas user des droits de la poésie, c'est dire ce qui doit être rigoureusement vrai.

4) PAGE 13, VERS 24.

> . . . . Ses lauriers éphémères.

Lorsque l'histoire recueillera les évènements de cette guerre de quelques semaines, elle rappellera l'attitude imposante que prit, dans les circonstances les plus critiques, S. M. le roi de Bavière, alors électeur : elle n'oubliera point ses nobles et énergiques proclamations.

5) PAGE 14, VERS 6.

> . . . . Le digne présage.

L'affaire brillante de Vertingen, où S. A. I. le prince

Murat, commandant un corps de cavalerie qui formait l'avant-garde de la Grande Armée, défit douze bataillons autrichiens, et prit leur artillerie avec huit drapeaux. L'empereur fit présent de ces drapeaux et de deux pièces de canon à la ville de Paris, dont le prince, aujourd'hui grand-duc de Clèves et de Berg, était alors gouverneur.

6) PAGE 15, VERS 5.

L'écueil des Ottomans, la ville des Césars
Voit l'aigle des Français planer sur ses remparts.

Vienne fut assiégée deux fois sans succès par les Turcs, en 1529 et en 1683. Un prince palatin fit lever le premier siège. Le roi de Pologne, *Sobiesky*, et le duc *Charles V de Lorraine* firent lever le second, après avoir complètement battu les ennemis. Les historiens assurent qu'à chacun de ces sièges les Turcs n'avaient pas moins de deux cent mille hommes.

Dans la guerre de 1805, on n'a pas même essayé de défendre la ville contre les Français.

7) PAGE 16, VERS 1.

Près des murs où jadis un ennemi perfide
Chargea d'indignes fers un Anglais intrépide.

Le fameux combat où le maréchal Mortier, à la tête de 4,000 Français, combattit pendant un jour 30,000 Russes; leur tua ou blessa 4,000 hommes, et fit 1300 prisonniers, se donna près de la petite ville de *Diernstein* ou *Dierrens-tein*, en Basse-Autriche. Ce fut dans le château de *Dierns-tein* que Léopold Ier., duc d'Autriche, retint prisonnier Richard Ier., roi d'Angleterre, qui avait essayé, à son retour de la croisade, de passer *incognito* sur les terres de de ce duc, son ennemi.

AUSTERLITZ.

CHANT DEUXIÈME.

Le père des saisons, rentré dans sa carrière,
Aux plaines d'Austerlitz a rendu la lumière.
Il n'est plus obscurci de ces tristes frimas,
Dont trop souvent décembre afflige nos climats.
Brillant et radieux, le jour qui vient d'éclore,
(Qui pour tant d'ennemis est la dernière aurore !)
Voit déjà les Français, dédaignant le repos,
Par des cris belliqueux saluer le héros.

Les voilà ces guerriers, qui, depuis quinze années,
Secondent de leur chef les hautes destinées,
Fiers de vaincre sous lui, puissants par sa grandeur.

Il désigne à chacun le poste de l'honneur. (¹
Murat, dont la valeur, les talents, la prudence
Ont, de Napoléon, mérité l'alliance,
Des ardents cavaliers dirigera l'essor.
Soult, Lannes, Bernadotte, unissant leur effort,

Sur un plan combiné guideront la furie
Des trois immenses corps de notre infanterie.
Tandis que, gouvernant ces mouvements divers,
Le héros sur l'ensemble aura les yeux ouverts;
Berthier, de ses travaux le compagnon fidèle,
A ses côtés encor signalera son zèle;
Et *Duroc*, et *Junot* et leurs vaillants soldats,
Partout de leur monarque escorteront les pas.

Mais, des plaines de l'air franchissant l'étendue,
Quel spectacle ineffable est offert à ma vue?
Quels esprits immortels de l'éther le plus pur
Descendent lentement sur des trônes d'azur?
Je reconnais ces rois, avec qui, dans la France,
Régnèrent les vertus, les lois et la vaillance.
Fiers des nobles destins que nous promet ce jour,
Ils quittent un moment le céleste séjour,
Où dans le sein de Dieu leurs âmes réunies
Savourent de la paix les douceurs infinies.

Charle est au milieu d'eux, Charle dont les hauts faits,(a
D'un si brillant éclat couvrent le nom Français;
Lumière de son siècle, auguste appui de Rome:
Il voit avec la joie et l'orgueil d'un grand homme
Celui qui, son égal en puissance, en splendeur,
De son illustre empire accroît l'antique honneur.

Près de lui j'aperçois le vainqueur de Bovine;
Des monarques ligués il pressent la ruine.

Heureux de voir tomber ses anciens ennemis ;
Et qu'*au plus digne* encor le sceptre soit remis. (3

  Ce loyal chevalier, qui, prodiguant sa vie,
Perdit tout, *hors l'honneur*, sous les murs de Pavie,
Sourit à son vengeur, dont les coups redoutés (4
Préservent pour jamais nos brillantes cités
Du détestable joug de ces hordes coupables,
Des arts consolateurs fléaux impitoyables.

  Voyez-vous réunis ces princes vertueux
Que distingue entre tous un culte affectueux ;
Le pieux Louis IX ; et ce roi tutélaire (5
Que son peuple honora du tendre nom de père ;
Et toi, l'objet sacré d'un souvenir chéri,
Demi-dieu de la France, adorable Henri !

  Tant de gloire a touché leurs âmes fortunées :
« Accomplis, disent-ils, tes hautes destinées ;
» Chef de ce peuple aimant et digne d'être aimé,
» De ces purs sentiments sois toujours animé.
» Ta main cicatrisa ses profondes blessures :
» Achève d'écraser ses ennemis parjures ;
» Poursuis jusques au bout tes immortels travaux ;
» Triomphe en tous les temps, et règne sans rivaux ! »

  Chaque armée, à grands flots, vient inonder la plaine :
Déjà volent les cris de menace et de haine,
Les encouragements, et les ordres guerriers.
On dispose avec art les bronzes meurtriers..

La foudre dans leurs flancs est d'abord endormie;
L'éclair brille : elle atteint la phalange ennemie ;
Et dans les rangs pressés des épais bataillons
Va tracer, en grondant, de funèbres sillons.

Du sommet escarpé des roches isolées
Précipitant leur vol jusqu'au fond des vallées,
Avec d'horribles cris, les oiseaux destructeurs
Ont dévoré souvent et troupeaux et pasteurs :
Plus funeste cent fois en sa course rapide
Part et vole en sifflant la mitraille homicide ;
Tandis que, secondant ses efforts inhumains,
Le mousquet, dirigé par de robustes mains,
Vomit du plomb mortel la grêle inépuisable.

Avec moins de fracas, ce glaive infatigable
Qui d'abord de Baïonne ensanglanta les murs [6]
Porte de près ses coups, plus cruels et plus sûrs.

Le bruit croît, il s'étend, et la terre enflammée
Disparaît sous des flots de sang et de fumée.

Ce fut donc vainement que la bonté des cieux,
Appelant à la paix vingt peuples furieux,
Entr'eux avait placé tant d'immenses barrières !
De la Seine, du Rhin, les légions guerrières,
Des bords de l'Éridan l'habitant fortuné,
Sous un joug odieux le Sarmate enchaîné, [7]
Et le Cosaque errant dans la fertile Ukraine
Frappent et sont frappés sur la sanglante arène :

Et pourquoi ? pour savoir si du vaste univers
Londres long-temps encore opprimera les mers ;
Si le commerce entier de la terre soumise
Doit toujours enrichir l'orgueilleuse Tamise.

A l'instant décisif qu'a prévu le héros,
Une attaque de flanc a porté nos drapeaux
Sur les monts de *Pratzen* que, plein d'impatience,
Le Russe abandonnait avec tant d'imprudence.
Bientôt ses bataillons, en leur centre enfoncés,
Couvrent au loin la plaine, errants et dispersés :
Prévenus dans l'attaque, et sans plan de retraite,
Leur trouble qui s'accroît présage leur défaite :
Cette ardeur, du soldat la première vertu,
L'ardeur de vaincre a fui de leur cœur abattu ;
Plus d'une légion, sous la peur asservie,
Borne tout son espoir à défendre sa vie.

Avec art, cependant, nos bataillons rangés
Portent avec succès des coups mieux dirigés.
Un même esprit les meut, les soutient, les anime,
Le mépris de la mort, le besoin de l'estime.
Tout ordre du héros, dans les rangs apporté,
S'exécute avec calme, avec sérénité :
On dirait, en voyant leur superbe assurance,
Que loin des ennemis, dans le sein de la France,
Ils aiment à montrer, en d'héroïques jeux,
La grâce et la fierté d'un maintien belliqueux.

Du bouillant Constantin les hulans intrépides
Menacent tout-à-coup nos escadrons rapides,
Que dérobe aussitôt à leur choc ennemi
Le brave et digne fils du vainqueur de Valmy. (8
Les redouterait-il? ah! sa fuite savante
Est un piège fatal pour leur fougue imprudente :
Le feu des bataillons, dirigé dans leurs rangs,
Couvre soudain le sol de morts et de mourants.
Essen qui les guidait tombe et périt lui-même;
Il périt, maudissant à son heure suprême
Cet art qui réprima son aveugle chaleur,
Et qui de nos guerriers sert toujours la valeur.

Art sublime et profond ! tactique irrésistible!
Ma patrie aujourd'hui te doit d'être invincible ;
C'est toi qui fais tomber sous nos coups triomphants
Des Vandales, des Huns les féroces enfants ;
C'est toi qui ne veux pas que de la barbarie
L'Europe, de nouveau, ressente la furie.

L'effrayante mêlée à peine a commencé,
Et le Russe déjà, par nos soldats pressé,
Cède sur tous les points à leur bras indomptable.
Déjà, pour retarder sa perte inévitable,
Il faut que les guerriers qui veillent près du Czar
Eux-mêmes du combat affrontent le hazard.

Mars paraît un instant couronner leur audace :
Ebranlé par leur choc, par leur puissante masse,

Un bataillon français veut en vain résister : (9

Ses coups désespérés ne peuvent arrêter

Des hommes, des coursiers l'attaque impétueuse....

Conserve tes lauriers, légion courageuse!

Si l'instant est cruel, il ne te ravit pas

Tous ces titres d'honneur, conquis dans cent combats.

Lève, lève ce front qu'obscurcit la tristesse;

Le héros est partout : il connaît ta détresse;

Sa voix s'est fait entendre, et ton sort va changer;

L'élite des Français s'apprête à te venger.

Les vois-tu s'élancer ces escadrons terribles ?

Les vois-tu ? c'est *Bessière* avec ses *invincibles*. (10

Ils volent, et, vainqueurs d'un inutile effort,

Portent aux ennemis l'esclavage ou la mort.

Ces superbes drapeaux que des mains arrogantes

Brûlaient de déployer sur nos cités sanglantes,

De ce fameux combat monuments révérés,

Flotteront à jamais dans nos temples sacrés.

Ces bronzes..... Mais hélas ! l'affreuse mort s'apprête

A nous vendre bien cher leur fatale conquête :

Vers leur bouche de feu qui vomit le trépas,

L'intrépide *Morland* précipite ses pas; (11

Et, fier de conquérir cette superbe proie,

Il s'élance au devant du coup qui le foudroie :

Il meurt, mais il triomphe; et son cœur tout français

A son dernier moment jouit de nos succès.

De la garde du Czar la déroute funeste
Des légions du nord a dispersé le reste.
Les guerriers de l'Autriche, en leur fuite entraînés,
Des désastres récents débris infortunés,
Conservent jusqu'au bout un mâle caractère,
Et succombent sans honte à leur destin contraire.

Tout cède à nos efforts : ces soldats éprouvés
Qui par le héros même ont été réservés
A fixer du combat la fortune douteuse,
Contraints de réprimer leur ardeur belliqueuse,
Ont vu les compagnons de leurs travaux guerriers
De ce fertile champ cueillir tous les lauriers.
Leur grand cœur s'en indigne, et d'héroïques larmes (1)
De leurs yeux enflammés ont coulé sur leurs armes.

Si quelques fugitifs, de honte dévorés
Osent lever encor des bras désespérés ;
Napoléon accourt : ses ordres, sa présence
Permettent-ils jamais que le destin balance !

Des ennemis errants sans guides et sans but,
Dans la fuite rapide avaient mis leur salut ;
Mais nul chemin ouvert, nulle route tracée !.....
Des étangs de *Tellnitz* la surface glacée
Semblerait leur offrir , en cette extrémité,
Quelqu'espoir d'échapper à la captivité ;
La foule sur ces lacs en désordre s'entasse.

Mais déjà le vainqueur a volé sur leur trace ;

Sous le feu, sous le fer ils tombent accablés ;
L'airain qui les poursuit tonne à coups redoublés ;
Mille globes ardents, lancés dans l'étendue,
Écrasent des fuyards la colonne éperdue ;
Leurs membres palpitants loin des troncs emportés
Ont souillé du marais les joncs ensanglantés ;
La mort à tout instant les frappe, les dévore.

O désastre dernier, plus redoutable encore !
La surface perfide où se pressent leurs pas
Sous un aspect nouveau leur offre le trépas.
Par les pesants boulets la glace sillonnée
Ne peut plus supporter la foule consternée ;
Elle éclate, se brise,.... et cent gouffres affreux
Sont de tant de malheurs le terme douloureux.
A peine quelques-uns échappent au naufrage.
Alors on n'entend plus que les cris de la rage,
Du souffle qui s'enfuit le sourd gémissement,
Les pleurs du désespoir ; jusqu'au fatal moment
Où, la mort ayant pris ses dernières victimes,
Un silence effrayant s'étend sur les abîmes.

Vous qui seriez tentés de plaindre leurs tourments,
Gardez-vous d'écouter ces tendres sentiments :
Si d'un cœur vertueux ils sont la preuve insigne,
Ne les prodiguons point à qui n'en est pas digne.
Secourable pitié ! que ta céleste voix
Méconnaisse toujours qui méconnut tes droits !

3.

Des crimes qui du Russe ont souillé la victoire
Dois-je ici retracer la déplorable histoire ?
Dirai-je ces horreurs dont leur férocité
Consterna tant de fois le monde épouvanté ?
Voyez-les dans des murs soumis et sans défense
Massacrer lâchement la vieillesse et l'enfance ;
Sous des toits consumés par les feux dévorants,
Ravir un vil butin aux citoyens mourants ;
Voyez avec leurs fils les mères égorgées,
Sur leurs corps palpitants leurs filles outragées…

Laissons, laissons *Tellnitz*, et ses fatales eaux
De *Prague* et d'*Ismaïl* engloutir les bourreaux ! (13)
Réservons tous nos pleurs aux guerriers magnanimes,
Des barbares du Nord généreuses victimes,
Dont le sang répandu dans ces climats lointains
Rendit plus éclatants nos superbes destins.

Vous aurez part encore à nos larmes pieuses,
Vous qui portez de Mars les traces glorieuses ;
Vous que le plomb du Russe, ou son fer égaré
Frappa dans ce grand jour d'un coup mal assuré.
La France, contemplant vos nobles cicatrices, (14)
Sent mieux ce qu'elle doit à vos mains protectrices.

Faites fumer l'encens dans nos temples sacrés,
Ministres des autels ; sur des chefs révérés,
Sur leurs dignes guerriers, invoquez la clémence
De ce dieu des combats, qui veille sur la France.

Grâce à NAPOLÉON, dont le génie heureux
Semblait dire aux dangers de s'écarter loin d'eux ;
Peu de nos défenseurs ont aux demeures sombres
Des nombreux ennemis accompagné les ombres ;
Peu de nos chefs surtout, en ce fameux discord, (15
Du généreux *Morland* ont partagé le sort.
  Mais puis-je t'oublier, honneur de ma patrie !
Toi, dont s'énorgueillit notre fière Neustrie,
Immortel *Valhubert* ! quand un fatal destin
T'apportait un trépas douloureux et certain ;
Aux ordres du héros plus que jamais fidèle,
De tes guerriers émus tu gourmandais le zèle ;
Tu ne permettais pas que le soin de tes jours
A la France, un instant, dérobât leurs secours.
  « Soldats, serrez vos rangs, ne songez qu'à la gloire. (16
» Si le Russe abattu vous cède la victoire,
» A la pitié pour moi vos cœurs pourront s'ouvrir ;
» Si vous êtes vaincus, je ne veux que mourir. »
De ce noble souci sa grande âme occupée
Dans ses vœux les plus chers du moins n'est pas trompée ;
Et puisqu'il fut témoin d'un triomphe si beau,
Tranquille et sans regrets il descend au tombeau.
Il sait que du héros l'équitable largesse
Saura de sa famille éloigner la détresse.
  Que dis-je ? ah ! c'est trop peu pour ces braves guerriers
Dont le sang prodigué féconda nos lauriers ;

Et d'eux, et du héros la récompense est digne :
Leurs fils seront les siens. Quel bonheur plus insigne, (17
Quel titre plus superbe aurait pu leur ouvrir
La carrière d'honneur qu'ils doivent parcourir !
  C'en est fait : tout pâlit sous l'astre de la France.
La plaine n'offre plus, dans un espace immense,
Que cadavres sanglants, que fuyards, que débris, (18
Que milliers de captifs de leur nombre surpris.
  Libre alors des grands soins qui fixaient la victoire,
Assuré du triomphe, et quitte envers sa gloire,
Le héros, de cet art qui conserve les jours
Sur ses enfants blessés appelle le secours.
La nuit même le voit, de la plaine homicide
Parcourant tous les points sur un coursier rapide,
Rendre l'espoir, le calme à leurs cœurs satisfaits.
Telles, du vieux Morven couronnant les sommets,
De Fingal, de Trenmor les consolantes ombres
Aux regards de leurs fils s'offraient dans les nuits sombres.
  Ennemis fugitifs, victimes de l'orgueil,
NAPOLÉON, d'un mot, vous plongeait au cercueil,
D'un mot il complettait le succès de ses armes ;
Mais il veut aux humains épargner quelques larmes,
Rien ne balance en lui ce sentiment sacré.
  L'héritier des Césars, enfin mieux inspiré,
Qui dans la seule paix a cherché sa défense,
Sur ses états conquis reprendra sa puissance.

Emmenez avec vous , ô jeune *Paulowitz*,
Ces débris échappés aux foudres d'Austerlitz.
Des peuples opprimés s'ils craignent la poursuite,
La pitié du vainqueur protègera leur fuite. [19]
Que *Repnin* et les siens accompagnent vos pas: [20]
Allez faire éclater dans vos tristes climats
De vos esprits hautains la sombre inquiétude,
Les bienfaits du grand homme, et votre ingratitude.

Si le héros pour lui veut surtout des lauriers ;
Les princes dont l'ardeur seconda ses guerriers,
De leur fidélité tirant un nouveau lustre ,
Reçoivent désormais un titre plus illustre ; [21]
Et des pays cédés par nos fiers ennemis
Augmentent les états à leur pouvoir soumis.

L'incendie est éteint: l'implacable Angleterre
Ose encor des Français défier le tonnerre ;
Mais le reste se tait ; et la voix du héros
A l'Europe calmée ordonne le repos.

FIN DU SECOND CHANT.

ÉPILOGUE.

Tandis que sur les pas d'une muse fidèle,
Aux plaines d'Austerlitz conduite par son zèle,
J'aimais à contempler la gloire des Français,
D'un vertige nouveau quels sinistres accès
Ont saisi tout à coup une cour égarée?
Quels cris se font entendre aux rives de la *Sprée*
On ose proférer d'audacieux accents !
On adresse au héros des ordres menaçants !
O Démence ! . . . . . Et déjà tombent tous les obstacles.
Iena d'Austerlitz reproduit les miracles. (22
Ces guerriers si fameux, l'espoir de l'étranger,
Les voilà disparus, tels qu'un souffle léger.
Préparez vos concerts enfants de l'harmonie !
Ou plutôt renoncez aux palmes du génie.
De l'aigle des Français l'essor prodigieux
Échappe maintenant à vos débiles yeux.
Pour chanter tant d'exploits, dans son divin délire,
Pindare vainement eut fatigué sa lyre.

NOTES

DU CHANT DEUXIÈME.

Il désigne à chacun le poste de l'honneur.

L'EMPEREUR, après avoir fait partir, la veille de la bataille, le maréchal *Davoust* pour *Raygern*, donna le commande- ment de l'aile droite au maréchal *Soult*, avec les divisions des généraux *Saint-Hilaire et Legrand*. Le maréchal *Bernadotte* eut sous ses ordres, au centre, les divisions *Rivaud* et *Drouet*. Le maréchal *Lannes* eut la gauche avec les divisions *Suchet* et *Cafarelly*.

La cavalerie, réunie en un seul point, sous les ordres du prince *Murat*, était composée des hussards et chasseurs, commandés par le général *Kellermann*, des dragons de *Walther* et *Beaumont*, et des cuirassiers de *Nansouty* et d'*Hautpoult*.

La division *Friant* et les dragons de *Broussier* étaient avec le maréchal *Davoust* à *Raygern*.

La division du général *Gudin* s'était mise en marche de *Nicolsbourg*, pour contenir le corps ennemi qui eût pu déborder la droite de l'armée.

L'empereur se trouvait en réserve avec le maréchal *Berthier*, le colonel-général *Junot*, tout l'état - major, dix bataillons de la garde et dix bataillons des grenadiers d'*Oudinot*, commandés par le général *Duroc*. Quarante pièces de canon, servies par les canonniers de la garde, étaient placées dans les intervalles des bataillons de cette réserve.

²⁾ PAGE 28, VERS 19.

Charle est au milieu d'eux . . . .
Charlemagne.

³⁾ PAGE 29, VERS 2.

Et qu'au *plus digne* encor le sceptre soit remis.

Peu de traits de notre histoire sont aussi connus que celui auquel ce vers fait allusion. On sait qu'avant de livrer la bataille de *Bovines*, Philippe Auguste déposa sa couronne sur l'autel où l'on venait de célébrer la messe, en disant : « Français, si vous connaissez quelqu'un de vous plus digne » de la porter, nommez-le, et je marche sous ses ordres. » Toute l'armée répondit par le cri de *vive Philippe*, et l'on attaqua les ennemis.

⁴⁾ PAGE 29, VERS 5.

Sourit à son vengeur . . . .

François Ier. fut prisonnier d'un prince autrichien. Ce roi protégea et encouragea tous les arts : c'est sous son règne qu'ils commencèrent à avoir en France des établissements durables.

⁵⁾ PAGE 29, VERS 11.

. . . . Et ce roi tutélaire.
Louis XII, surnommé le *père du peuple.*

⁶⁾ PAGE 30, VERS 15.

Qui d'abord de Baïonne. . . . .

Le nom de Baïonnette indique assez dans quelle ville cette arme fut inventée.

7) PAGE 30, VERS 24.

. . . . Le Sarmate enchaîné.

Le nom de *Sarmatie* fut donné jadis aux pays qui forment aujourd'hui la Pologne et une partie de la Russie : ce sont les Polonais que l'on a voulu désigner dans ce vers. Nos poètes ne donnent jamais qu'à eux seuls ce nom de *Sarmates*.

8) PAGE 32, VERS 4.

Le brave et digne fils du vainqueur de *Valmy*.

La fameuse journée de *Valmy* appartient déjà à l'histoire ; ce fut dans cette action que les Français, commandés par le général Kellermann (aujourd'hui maréchal d'empire et sénateur), arrêtèrent les Prussiens, commandés par le duc de Brunswick, qui dès-lors commença sa marche rétrograde. Quant à cette attaque des hulans du grand-duc Constantin, voici ce que dit l'officier qui a joint des notes au rapport de Koutousof :

« Les Russes ne sont pas accoutumés à voir faire la guerre
» à nos troupes légères. Le général *Kellermann*, qui com-
» mandait trois régiments de chasseurs et hussards, se cou-
» vrit de gloire dans cette journée, par la précision et la
» rapidité de ses manœuvres : il attira la cavalerie de l'en-
» nemi dans une embuscade, devant l'infanterie du général
» *Caffarelly* ; à cet effet, du moment que les Russes le char-
» gèrent, il fit volte-face, passa dans les bataillons, et une
» grêle de balle coucha la moitié de la cavalerie russe sur le
» champ de bataille. »

Le lieutenant-général *Essen* fut blessé mortellement dans cette affaire : il avait chargé les Français à la tête de la cavalerie russe, par ordre du prince Jean Liechtenstein, commandant en chef de la cavalerie des alliés. . . . .

⁹⁾ PAGE 33, VERS I.

Un bataillon français . . . .

Du 4°. de ligne : il perdit son aigle dans le désordre que cette charge occasionna : l'empereur refusa long-temps de le lui rendre, et n'y consentit que parce que ce vieux corps couvert de gloire avait pris deux drapeaux russes dans la même journée. « Sans quoi son ancienne renommée, » les blessures de ses soldats, reçues dans cent batailles, » n'auraient pas été suffisantes pour porter l'empereur à lui » rendre un autre aigle. » (*Note de l'officier français.*)

¹⁰⁾ PAGE 33, VERS 12.

. . . . . C'est *Bessière* avec ses *invincibles.*

Dans cette charge de la cavalerie de la garde impériale, commandée par le maréchal *Bessière*, contre les gardes de l'empereur de Russie, ceux - ci perdirent leur artillerie et leurs étendarts. Leur colonel, le prince *Repnin*, fut pris par le général *Rapp*, aide-de-camp de l'empereur.

¹¹⁾ PAGE 33, VERS 22.

L'intrépide *Morland* . . . .

« La garde regrette beaucoup le colonel des chasseurs à » cheval, *Morland*, tué d'un coup de mitraille, en char- » geant l'artillerie de la garde impériale russe : cette artille- » rie fut prise, mais ce brave colonel trouva la mort. » (*Trente et unième bulletin de la Grande Armée.*)

¹²⁾ PAGE 34, VERS 13.

Leur grand cœur s'en indigne . . . .

« La garde à pied de l'empereur n'a pas pu donner; elle

» en pleurait de rage. Comme elle demandait absolument à
» faire quelque chose : *Réjouissez-vous de ne rien faire*,
» lui dit l'empereur, *vous deviez donner en réserve, tant
» mieux si l'on n'a pas besoin de vous aujourd'hui.* »
(*Trente et unième bulletin.*)

¹³) PAGE 36, VERS 12.

De *Prague* et d'*Ismaïl* engloutir les bourreaux.

Praga ou *Prague*, qu'il ne faut point confondre avec la
capitale de la Bohême, est un faubourg de Varsovie, séparé
de cette ville par la Vistule. Lors de la dernière invasion
des Russes en Pologne, Souwarow fit massacrer, après la
prise de *Prague*, environ 18,000 individus, tant soldats
qui avaient mis bas les armes, que femmes et enfants.

A *Ismaïl* ou *Ismaïloff*, en Bessarabie, que Souwarow
prit d'assaut, après la plus vive résistance de la part des
Turcs, il fit égorger de sang-froid, en sa présence, les soldats qui s'étaient retirés dans la citadelle, et auxquels il avait
promis, par la capitulation, de les envoyer au grand visir.
« Je fais plus que je ne vous avais promis, disait-il à ces
» malheureux qui lui reprochaient sa perfidie, je vous en-
» voie vers votre prophète; cela vous est bien plus avan-
» tageux. » Le pillage et le massacre durèrent trois jours :
de 21,000 habitants, il n'en échappa qu'environ 500, qui se
tinrent quelques jours cachés dans des souterrains.

Les mêmes horreurs eurent lieu à Oczakof, et dans plusieurs autres places dont les Russes s'emparèrent pendant
cette guerre.

¹⁴) PAGE 36, VERS 21.

La France contemplant vos nobles cicatrices.

Parmi les blessés à la bataille d'Austerlitz, on compte les

généraux *Saint-Hilaire*, *Kellermann*, *Walther*, *Thié-*
baut, *Sébastiani*, *Rapp*, *Marisy*, *Demont*; le colonel
Corbineau, écuyer de l'empereur, etc.

¹⁵⁾ PAGE 37, VERS 5.

Peu de nos chefs surtout . . . .

Les officiers les plus marquants tués à Austerlitz furent le
général *Roger Valhubert*, le colonel *Morland*, le colonel
Mazas, du 14 de ligne. Le chef d'escadron *Chaloppin*, aide
de camp du maréchal *Bernadotte*, le capitaine *Teryé*, des
chasseurs à cheval de la garde.

¹⁶⁾ PAGE 37, VERS 15.

Soldats, serrez vos rangs . . . .

On a tâché de rendre presque littéralement les belles pa-
roles du général *Valhubert*. Les sentiments qui l'animèrent
jusqu'au dernier moment sont exprimés dans sa lettre à
l'empereur, rapportée dans le 33ᵉ bulletin.

« J'aurais voulu faire plus pour vous : je meurs dans une
» heure ; je ne regrette pas la vie, puisque j'ai participé à une
» victoire qui vous assure un règne heureux. Quand vous
» penserez aux braves qui vous étaient dévoués, pensez à
» ma mémoire. Il me suffit de vous dire que j'ai une famille :
» je n'ai pas besoin de vous la recommander. »

¹⁷⁾ PAGE 38, VERS 2.

Leurs fils seront les siens . . . . . .

Voyez les décrets impériaux rendus sur le champ de bataille, par lesquels l'empereur adopte tous les enfants des
généraux, officiers et soldats français morts à Austerlitz, et
assure des pensions aux veuves.

[18] PAGE 38, VERS 7.

Que cadavres sanglants. . . . .

Il y avait à Austerlitz 80,000 russes et 25,000 Autrichiens, total 105 mille hommes. L'armée française était de 65 mille soldats, dont la réserve de 15 mille hommes ne tira pas un coup de fusil; ainsi 50 mille Français battirent ce jour là un nombre d'ennemis plus que double, et la victoire ne fut pas un instant douteuse.

Les Russes perdirent plus de 40 mille hommes, dont 18 mille tués, 195 pièces de canon, et plus de 50 étendarts. Les canons (comme l'observait dernièrement un *bulletin* de la Grande Armée, victorieuse de la Prusse), les canons sont à Strasbourg; les drapeaux, y compris ceux de la garde du Czar, à Notre-Dame de Paris; et cela n'a pas empêché que l'empereur Alexandre, annonçant à son sénat le renouvellement de la guerre, n'ait dit « qu'il avait songé à la paix, » *parce que ses alliés avaient été battus ! ! !* »

[19] PAGE 39, VERS 4.

. La pitié du vainqueur protègera leur fuite.

Les paysans de la Moravie tuaient tous les Russes isolés pour se venger des atrocités que ces bandes féroces avaient commises dans leur pays. L'empereur donna ordre que des patrouilles de cavalerie parcourussent les campagnes pour protéger les Russes contre ces vengeances.

[20] PAGE 39, VERS 9.

Que *Repnin* et les siens . . . .

L'univers sait, et la postérité la plus reculée saura que l'empereur renvoya à l'empereur Alexandre ses gardes prisonniers; comme il avait renvoyé 6 mille hommes à l'empereur Paul Ier.; et que l'empereur Alexandre et les débris de son armée n'ont dû qu'à la commisération du vainqueur de regagner leur pays *par journées d'étapes*.

L'univers sait aussi de quelle ingratitude ces bienfaits ont été, et sont encore payés en ce moment même. Les Russes ont rompu un traité et violé la parole de leur prince: ils marchent enfin pour assister la Prusse, qui déjà n'est plus une puissance.

(21) PAGE 39, VERS 12.

. . . . Un titre plus illustre.

Par le traité de Presbourg, l'empereur d'Autriche reconnaît le titre de *roi* pris par les électeurs de Bavière et de Wurtemberg; il leur fait, ainsi qu'à l'électeur, aujourd'hui grand-duc de Bade, plusieurs importantes cessions de territoires.

(22) PAGE 40, VERS 16.

Iéna d'Austerlitz reproduit les miracles.

Ainsi, c'est sous les auspices de la victoire la plus éclatante que je mets la dernière main à cet ouvrage. Une armée de 180 mille hommes, fiers de leur *tactique* et de leurs anciens triomphes, a disparu en peu de jours! Une des premières puissances militaires de l'Europe a provoqué L'HOMME DU DESTIN; et elle ne sera plus que ce qu'il voudra qu'elle soit! Oh! c'est bien maintenant que l'on peut dire comme ce brave soldat du dernier siècle, qui eût mérité de vivre de nos jours : *J'ai l'honneur d'être Français!*

FIN.